기울지 않는 조각배

개미

기울지 않는 조각배

공다원

2011년에 24권 24,000권에 이어 두 번째 시집을 내면서 반추를 해봅니다. 삶의 질곡 속에서 살아온 날보다 살아갈 날에 이 창작집으로 인해 위로가 되길 바라는 마음이 간절합니다.

대한민국장애인창작집필실이라는 타이틀 처음으로 달던 때가 빈 하늘에 달을 매달던 마음이었습니다.

이번 선정 작가와 작품집은 반향이 커지기 시작했습니다. 자기 몸을 온전하게 운신하지 못하는 이들이 모여 만든 동인시집을 비롯해 지역적 교류를 시작하였고, 개인 시집 4권, 2인 시집 1권, 지역 일반인 개인 시집을 1권 하여 총 7권이 발간됨에 있어 새로운 가능성의 환희를 체험하고 있습니다.

대전시와 대전문화재단의 관심과 지원 그리고 후원은 커다란 시대정신의 한 축이 되기에 충분합니다. 한국문학의 새로운 정신의 발로가 이곳에서 비롯되기를 바랍니다. 하루의 삶이 버거운 이로부터 내일의 희망이 갈급한 이들까지, 그리고 같은 시대를 사는 눈높이를 같이하는 모든 약자들에게 바칩니다.

공모에 응해주신 작가분들에게도 축하와 감사를 드립니다. 아울러 심사위원 박덕규 교수님을 비롯해 계간 문학마당, 갤러리 푸른창, 갤러리 예향 좋은친구들, 갤러리 예향 한국장애인문화네트워크, (사)한국청소년영상예술진흥원, 최영란 무용단, 착한봉사단에 감사의 마음 전합니다. 특히 장애인 작가들의 육필로 쓴 원고를 직접 타이핑해 주신 권태정, 조은경, 강건규 등 일일이 말하지 못한 모든 착한 마음에서 읽는 독자에게 이 책을 바칩니다.

2013년 12월
장애인인식개선오늘
대표 박재홍

먼저 서툴고 부족하기만 한 저의 작품을 선정해주신 심사위원님께 깊은 감사의 마음을 전합니다.

저는 부족함이 많은 사람입니다. 이런 제가 우연한 계기로 2006년 장애인분들을 대상으로 마련된 문예창작 들꽃반을 맡아 지도하게 되었고, 그 후 3년 동안 함께 해온 들꽃 가족들을 떠나 모자란 저의 공부를 위해 이별을 선택하게 되었습니다. 하지만 우리 들꽃 가족들은 저를 찾아와 공부를 더 하고 싶다고 끊임없이 제 마음을 흔들었습니다. 보잘것없는 저에게는 더없이 과분한 사랑이었지요. 그렇게 지극한 소원과 많은 사연을 지고 저는 2009년 12월 성인장애인 평생교육센터를 설립하게 되었습니다.

지금까지 우리 문예반 학생분들과 함께 공부해오며 제가 느끼고 배운 것은 문학은 인생이고 시는 삶이라는 것입니다. 어떤 대단한 소재나 깊은 지식을 앞세우기보다는 삶 속에서, 흐르는 시간 틈에서, 넘어야 할 언덕 밑에서 두 손을 뻗어 건져 올린 진실하고 절실한 사연이 곧 문학이며 시라고 생각합니다. 그래서 여기 저의 삶 속 공 깃돌 틈에서 건진 48편의 시를 내어놓게 되었습니다.

　이제부터 새신을 신은 꼬마 같은 자세로 힘주어 걸음을 내딛고 해놓은 일보다 앞으로 해야 할 일을 더욱 소중하게 여기는 마음으로 최선을 다 하겠습니다.

　끝으로 장애인인식개선오늘과 문예창작 활동을 위해 고생하시는 박재홍 대표님과 이 시집 발간을 위해 애쓰신 문학마당 모든 관계자님들께 감사의 말씀을 전합니다.

　항상 조금이라도 더 깊은 가르침을 주시려고 애쓰시는 박덕규 교수님과 칭찬과 격려를 아끼지 않으시던 이시영 교수님, 또 늘 시 정신을 일깨워주시던 김수복 교수님께도 깊이 고개 숙여 감사드립니다.

2013년 12월

공다원

기울지 않는 조각배
차례

서기 2000년

우리들은 셋이거나 다섯이거나 모이기만 하면 둘러서서 이야기했다
2000년이 되면 지구는 멸망하고 우리들은 모두 죽게 된다고

종이인형 놀이를 하던 손을 멈추고 서로 눈을 빤히 들여다보며 그 말을 했고
고무줄놀이를 하다가도 시들해지면 그 이야기를 했다

그때마다 아이들 얼굴은 공포에 질려 있었다
콧등에 주근깨가 많은 꼭지도, 손등에 물사마귀가 크게 난 옥난이도
공주처럼 예쁜 혜영이도, 어른처럼 키가 큰 성화도
모두가 그 이야기를 할 때면 얼굴 가득 두려움을 담고 있었다

그때 우리들은 약속하는 것을 잊지 않았다
마치 그 약속으로 두려움을 조금이라도 떨치려는 듯

그날이 오면 우리 모두는 한자리에 모여 함께 손을 잡고 죽자고 약속을 했다

그리고 2000년이 되었고 우리들은 손을 잡으려 모이지 않았다
지구는 멸망하지 않았으니까

거대한 상실

오늘 나는 잃었다

사람을 잃고, 상심을 잃고, 슬퍼할 욕망까지 잃었다

그리고 절망할 거리마저 잊은 채 도심 속 흔들리는 옥
상들 사이에 서서
작은 어깨 위에 봄 햇살이 맨발로 딛고 올라서는 따스
함을 느끼며,
상실이라는 거대한 괴물 앞에 몸을 움츠리며 떨고 있
었다

오늘은 그저 기억 저편 어느 날 나를 세상에 던져놓고
떠나버린 그분들과 헤어진 날처럼
그저 내가 모든 걸 잃었음을 깨닫고, 아직도 잃어야 할
것이 남았음을 고마워해야 하는 의미 없는 하루일 뿐이
다.

고민

당신은 그 등짐 속에 무엇을 가득 담고 계십니까?
누구에게서 받은 서러움인가요?
무슨 일로 얻은 고민인가요?
어느 곳에서 얻게 된 사연들인가요?

어깨가 무척 무거워 보이는군요.
여기서 그 등짐을 한번 풀어보세요.

그리고 하나하나 들여다보고 만져보고 살펴본 다음
다시 다 못 담겠거든 그저 몰랐던 것처럼
그저 잊은 것처럼 슬며시 놓고 가세요.

골목

골목1
어머니, 지는 해 바라보며
오늘은 어제와 무엇이 달라졌나를 생각해봅니다.
손톱만큼 해가 짧아진 듯도 하고,
어둠의 기운으로 석양이 짙어질 때
다가오는 저녁 바람이 좀 더 쓸쓸하게 느껴지기도 하고,
어디선가 어느 님의 넋인 듯 연기 내음 날아오면
때 없이 허기를 느끼기도 한답니다.

골목2
어머니, 당신은 아직도 그때를 기억하고 계십니까?
골목 끝에 새로 난 신작로 길에서,
같이 놀던 아이들이 지는 해 시계 삼아 하나둘 집으로
돌아갈 때,
마지막 아이가 되지 않으려는 듯 서둘러 따라 뛰다
이내 돌아서서 벽돌담 모서리에 몸을 감추고,
친구들의 헌 운동화 뒤꿈치만 떠올리던,
그때 그 아이는 지금도 그 자리에 골목을 지키며 서 있

을까요?

골목3

어머니, 당신은 지금도 가끔 그 골목에 아이를 찾으러 나가서

이름 끝 자 외면서 서성이나요?

혹시라도 거기서 어깨가 작고 얼굴이 하얀 아이를 보게 되시면,

골목 끝집 봉창문에 불 켜졌더라고 다정한 음성으로 일러주시고,

전봇대 옆 양철통에 코 한 번 휭 풀어내시고

돌아서는 걸음에 따신 손 뻗어서 머리도 한 번 쓸어주세요.

골목4

어머니, 저는 이제 다시는 그곳으로 갈 수가 없답니다.

당신은 헌 몸 벗어버리고 새털같이 가벼워졌으니

언제라도 그곳으로 단걸음에 휑하니 다녀오시겠지요?

그 걸림 없음이 좋아서 나를 버리셨는지
바르지 못한 세상이 싫어서 먼 길 떠나셨는지
그도저도 아니라면 그리운 어떤 이 찾아서 떠나셨는
지……

골목5
어머니, 나는 이제 자랄 대로 다 자라 당신보다 키는
커지고
점점 몸은 무거워져 살던 곳 떠나는 게 두렵답니다.
아무 때고 새벽 선잠 엳어지면 뒤척이던 잠결에
마음만 뛰쳐나가 그 골목에 돌아가서
물색 양철 대문만 바라보고 섰다가 그리움도
애말라 진땀을 치며 주름진 눈가를 비빈답니다.

공허 空虛

이사를 왔다.

25층 건물에 22층으로 이사를 왔다.

그리고 곧 앞을 못 보는 나는 공중 높이 매달린 새장 속에 새가 된 듯 공허함을 느끼고야 말았다.

비는 오는데 분명 비는 오고 있는데 빗소리는 들리지 않았다.

소리가 없이 입만을 벙긋거리는 노래 같다는 생각을 했다.

바람은 부는데 나뭇가지가 흔들리는 소리는 들리지 않았다.

아무리 세차게 바람이 불어도 길가에 굴러다니는 쓰레기의 기척 하나 들리지 않았다.

시멘트 바닥에 잔모래들을 부수는 자동차 바퀴 소리도 놀란 비둘기의 퍼드덕거리는 날갯짓 소리도 이젠 아무것도 들리지 않았다.

다만 간간이 고막을 찢을 듯 자동차의 급정거 소리가

높게 매달린 새장 속의 내 몸을 여위게 할 뿐이다.

국화처럼

일년초 국화 뿌리를 화분에다 옮겨놓고
여린 꽃망울이 열리기 바쁘게 따내고 마는 잔인한 손길
무얼 바라는 것인가
무얼 얻으려는 것인가

가슴속에 차오르는 그윽한 향내를 모으고 모으다
국화나무는 급기야 접시만 한 한 송이 꽃을 피워내고
만다.
어디로 가겠는가
모으고 누르면 더욱 짙어지고 커지는 것을

모든 것들로부터 나도 귀가 막히고 코가 막히고 끝내
는 말문조차 막혀버린다.
그리고 억눌린 생각들은 가슴을 밀고 나와
목젖을 훑으며 터져 나온다.

조용한 아우성이 되어
소리 없는 노래가 되어

눈물 없는 통곡이 되어
억누른 세월만큼 부푼 사연들은
마치 여린 꽃망울들을 다 잃은 국화처럼
겨우 한 편의 시가 되어 터져 나온다.

귀한 님

무더운 여름 끈적하고 지루하던 어느 날 밤
느닷없이 불어오는 단 바람 끝에 당신이 있었습니다.
땡볕 아래 잠시 머문 먹구름 사이에 찾아든 소나기 방
울 끝에 당신이 있었습니다.

바싹 마른 겨울나무 가지 위에
먼지처럼 내려앉던 첫눈 만나
반가움에 탄성을 내지를 때 당신이 있었습니다.

그랬지요. 꼭 그랬답니다.
당신은 언제나 내가 느끼는 짧고 아름다운 시간 속에
함께 해야 하는 사람이기에,
늦가을 낙엽 타는 연기 내음 속에도,
이른 봄 막 고개를 드는 풀꽃 내음 속에도
당신은 언제나 그곳에서 그 아름다운 것들 중 한가운
데를 지키며 거기에 있어야 했습니다.
그것은 내가 가장 소중한 순간들을 당신께 드리고 싶
은 마음입니다.

기울지 않는 조각배

늘 5월만 계속되는 그런 나라에 살고 싶다는 아이가
있었답니다.

늘 는개비가 가랑가랑 내리는 그런 나라에 살고 싶다
는 아이가 있었답니다.

우그러진 양은대야에 두 손 담그는 걸 아주 좋아하는
그런 아이가 있었답니다.

그리고 갖고 싶은 것은 몇 봉의 낱개로 포장된 커피와
물이 잘 끓는 얇은 주전자와

갈아입을 옷 한 벌이 전부였으면 하는 그런 아이가 있
었답니다.

늘 많이 가지면 그만큼 슬픔도 커진다는 생각을 이불
삼아 마음에 덮고 있는 그런 아이가 있었답니다.

말간 얼굴 하나 평생의 재산으로 삼고 불어나는 등짐
들을 염려하고

늘어가는 인연들을 두려워하는 그 아이는 지금도 그
마음 못 바꾸고

늙는 것을 모른답니다.

그 마음 어디서 시작되었는지 아무리 생각해도 알 수
없답니다.

아마 야무진 여행 준비 미처 못 한 채 남의 손 빌려 갈
음옷 갈아입고

먼 길 떠날 그때까지 어쩌면 알아낼 수 없을 것입니다.

나의 집

그곳에 가면 늘 텁텁한 공기 속에 따스함이 섞여 있어 좋았습니다.

그곳에 가면 늘 등을 기댈 낡고 색 바랜 흙벽이 있어 좋았습니다.

그곳에 가면 늘 낮은 천장 밑에 군데군데 거미줄이 쳐져 있어 좋았습니다.

그곳에 가면 늘 눌어붙고 찢어진 장판이 깔린 따신 아랫목이 있어 좋았습니다.

그곳에 가면 늘 배고픔을 느끼면서도 서러움은 못 느껴서 좋았습니다.

그곳에 가면 늘 시름 많은 밤잠 못들 때 오래 묵은 이불 냄새 맡을 수 있어 좋았습니다.

그곳에 가면 늘 가랑비 오는 날 토방에 낙숫물 떨어지는 소리 들을 수 있어 좋았습니다.

그곳에 가면 늘 가위눌려 선잠 깨어 어둠 속을 더듬으면 손에 닿는 살들이 있어 좋았습니다.

세상살이

그게 그런 게 아니랍니다.
살아보니 그런 게 아니었어요.
하고 싶은 말이 있다 해도 다 하여서는 안 되었고,
서러움이 복받쳐도 다 울어서는 안 되는 거였답니다.
마지막 남은 말을 목젖 움츠려 꿀꺽 삼키고,
견뎌야만 먼 훗날 아파하며 후회하지 않을 수 있을 겁
니다.

펑펑 흐르는 눈물 남았다 해도 가슴 밑에 조금은 남겨
두어야,
더 큰 아픔 나를 피해가지 않고 찾아들 때 마른 뺨 적
실 눈물 한 방울 남아 있을 겁니다.

우리 혹시 어떤 날
마음에 없는 마지막 인사를 먼저 해버려서 귀한 이와
이별을 맞진 않았을까요?

우리 혹시 어느 순간

해서는 안 될 말 쏟아버리고 다시 담지 못한 채 상처받은 친구의 쓸쓸한 등을 보고야만 적은 없었을까요?

그렇지요, 그렇답니다.
살아보니 그게 아니었답니다.

노부부

여보 영감
오랜 세월 모질게도 살아오며
죽음도 여럿 봤고 눈물바람 몰고 오는 고생도 숱하게
하여
이젤랑은 세상천지 무서운 게 없는 줄 알았더니
참말 무서운 게 또 하나 남았습디다.

단잠 결에 혹시라도 영감 끝숨 못 들을까 범보다 더 무
섭고
짜증스러운 그 꼬라지 다시 못 보게 먼저 갈까 무섭고
혼자 남은 내 그림자 귀신보다 무섭고
빈 방 안에 기척은 영감 호령보다 천만 배나 무섭다오.

여보게 자네
내 한평생 험난하게도 살아오며
시체도 여럿 봤고 목숨 내건 전쟁통도 겪었기에
세상천지 두려운 것 없을 줄 알았건만
참말 두려운 게 또 하나 있었구려.

선잠 결에 꿈결에 임자 막숨 못 볼까 그것이 포탄보다
두렵고
　허적허적 걷는 걸음에 혼자 남은 내 발소리 두렵고
　반지르 낡은 살림살이 틈틈이 자네 자취 느끼는 게 두
렵고
　썰렁한 방 안에 왔다 갈 자네 기척은 매서운 그 흘긴
눈보다 천만 배나 더 무섭다네.

대구

그곳에서 나는
오리발같이 언 발가락이 고드름이 되는지도 모르고
고사리 같은 내 동생 야윈 손만 호호 입김 불어 녹이며
온 겨울을 났다.

그곳에서 나는
해 저물도록 오지 않는 어미를 기다리며
점점 더 안 보이는 두 눈을 부비고 또 부비며 뼈를 키
웠다.

그곳에서 나는
풋 가슴에 사랑을 담고
눈물 한 방울 섞어 편지를 썼다.

그곳에서 나는
다 자라지 못한 가슴에서 내 어미를 떼어 내어
꽁꽁 언 땅 밑에 묻고
통곡을 했다.

그곳에서 나는
한 끼 먹거리를 얻기 위해
이제 막 자라난 자존심을 잠시 숨기는 방법을 배웠다.

그리고 그곳에서 나는
비로소 사람으로 사는 길을 찾았고
청보랏빛 속눈썹을 붙이고 시집을 갔다.

그곳에서 나는
나를 닮은 아이를 낳고 웃음을 배웠다.

그리고 나를 닮은 그 아이가 스무 살이 넘은 지금에서
야 나는 겨우 그곳을
추억이라는 이름표를 붙여 얌전히 접을 수 있게 되었다.

망령妄靈

오메야, 오메야, 배 고프다.
어제도 오늘도 와 나를 굶기노.
오메야, 오메야, 배가 고파 못 살겠소
밥이 없어 못 주거든 죽을 주시고
죽도 없어 못 주거든 젖을 물려주소
바싹 마른 젖이라도 물려만 주소.

동무야, 동무야, 소꿉살이 하자
베란다 빛 드는 곳 아랫목 삼아
알몸으로 손자 손녀 불러대면
혼비백산 도망가고 혼자 남아
산세베리아 심어놓은 화분 엎고
잎을 떼어 김치 담고 국 끓이고
옥아, 니는 오메하고 순아, 니는 아배하고
날랑은 네 살배기 막내딸 할란다.
이리와서 소꿉살이 같이하자.

남은 이를 위한 마음 하도 깊어

느닷없는 이별에 놀라지 말라고
온몸으로 떠날 날을 외고 다니며
온몸으로 남은 정을 끊기 바쁘네.

머물러 가는 길

여기가 거기겠지

어디라도 바람 불고 어설픈 가로등 불빛이
조금만 깃드는 길이 열린 곳이라면 걸을 수 있을 것이고

울타리가 있고 층층이 가로지른 칸막이 사이 어느 한
곳에
문표가 아니라도 눈에 익은 숫자 몇부터 있으면 내 집
이라 이름 짓고 얼마라도 또 머물 수 있겠지

문을 나서면 큰 길 가기 전 어딘가에
소주와 담배와 오징어를 파는 가게가 있을 것이고

혹은 낯선 이름을 붙였더라도 크게 다를 건 없을 생맥
줏집이
사거리 못 미처서나, 신호등 앞 즈음에 있을 것이다

어느 때는 나에게도 낯선 곳에 발길 닿는 대로 머물러

거리나 사람의 얼굴이 생경스러움에 취해서
그것들을 친구 삼아 헤매어보았던 적 있었던가

아주 오래전 목숨을 버릴 만큼
지독한 실연이 있었더라도 지금은 그마저 향기롭게 느
껴질 뿐인데,

아! 이런 그리움이 얼마간 지나고 나면
다시 허무가 찾아들고
그 허무의 끝에 숨은 무엇을 잡게 되는 날

그때 우리는 마지막을 맞더라도
비로소 두려움 없는
선하고 편안한 웃음 지을 수 있겠지

본능

마른 겨울나무 가지 사이로
찬바람이 쓸쓸한 인사를 건네올 때

나는 울었다
처음 몸서리를 치면서
온몸의 살들이 함께 울었다.

유자색 봄 햇살이 목련나무 사이로 따사로운 인사를
건넬 때
나는 웃었다.
처음 가슴을 열고
온몸에 살들이 함께 웃었다.

부부

정다운 사람아

우리 세상 온갖 일들 다 겪고 살지라도
서로에게 그리워하게는 하지 말자

더러 서운함을 감출 수 없어서
마음 상하고 화가 나더라도
우리 서로 그리워하게는 하지 말자

때로 솟구치는 화를 참지 못해
거세게 다툼을 할지라도
우리 서로 그리워하게는 하지 말자

삶의 잔 미움들이 쌓이고 싸여
서로 아주 많이 미워하게 된다 해도
우리 서로 그리워하게는 하지 말자

급기야는 서로가 얼굴마저 마주보기 싫어져서

돌아서 한두 걸음 다른 길 걷다 온다 해도
절대 서로 그리워하게는 하지 말자

이 약속
어느 누가 먼저 어기고
먼 길 떠나는 날 오거든
서둘러 따라가서 타박하고 원망을 할지라도
우리 서로 오래 그리워하게는 하지말자

1974년 어느 겨울날

어머니
그날 저는 칼바람을 맞으며 자주색 돕바모자를 당겨쓰고
벽돌담 모서리에 쭈그리고 앉아 있었습니다.

월남치마 좁은 폭이 터지도록 바쁜 걸음으로 당신이
오시는 모습을 기다리는 것이었지요.

땅거미가 짙게 내려앉고
골목길에는 벽돌담을 따라 송송 뚫린 봉창마다 불이
밝혀지도록
당신의 16문 작은 고무신은 오지 않았습니다.

나는 저려오는 발가락에 얼음이 붙은 듯 따가워서
작은 몸을 일으켜 제자리걸음을 걸었지요.

그때 머리 위에 뚫린 정지 봉창에서는
악마의 입김 같은 유혹의 향기가 새어 나오고 있었어요.

갈치 비늘이 석쇠에 붙어 타는 그 냄새는 참말로 악마
의 입김처럼 나를 녹이고 있었어요.

나는 어디서 그런 용기가 났었는지
벽돌담을 따라 마당도 없는 그 집으로 살금살금 들어
갔습니다.

텅 빈 정지를 향해 발걸음을 옮기던 내 눈에 괴물 같은
두려움이 띄고야 말았습니다.

단칸방인 듯 보이는 방문 앞에는 열 짝도 넘어 보이는
신발들이 구르고
창호지 바른 방문에는 바가지를 세워놓은 듯 사람의
머리통이 대여섯은 비치고 있었어요.
나는 기겁하여 돌아 나왔지만
달그락거리는 숟가락 소리와 각색의 웃음소리는 내 뒷
덜미에 붙어 따라 나왔습니다.

그날부터 나는 지금까지 해질녘이 되면 뒤통수에 붙은
두려움 때문에 어깨를 떠는 병을 앓고 있습니다.

이제 센머리 늘어가는 나이가 되어
겨우 그날 내가 본 두려움은 괴물보다 더 무서운 부러
움이었다는 것을 알지만
여태 뒷덜미를 감싸는 내 병 하나 다스리지 못하고 늙
어갑니다.

부음訃音

한밤에 전화벨이 울린다.
정적을 깬 그 소리는 내 귓전에
고요를 깨고 빠르게 심장 고동을 부른다.

옛날 내게도 젊음이 머물 때,
그때 한밤에 울려대는 전화벨 소리는
서툰 잠을 밀어내며 짜증만을 불러왔다.
하나 지금 그 젊음이 머물러 있지 않은
나의 곤한 잠을 깨운 한밤의 전화벨 소리는
어떤 느닷없는 슬픔을 알려주는
불안의 소리가 되어 내 가슴을 두려움에 벌떡이게 한다.

이른 새벽에 전화벨이 울린다.
옅어진 잠 속에 놀라 가슴을 쓸어내린다.

옛날 내게도 젊음이 머물 때,
그때 이른 새벽 전화벨 소리는
깊은 잠을 미처 몰아내지도 못한 채 떠들다 지쳐서 멈

취버렸다.

하나 그 젊음이 떠나버린 이른 새벽 전화벨 소리는
또 어떤 이별을 고하려는 기척인가 하여 무서움에 심
장 고동만 울려댄다.

아! 끝끝내 듣고야 마는구나. 칠흑 같은 소리
어찌하여 늘 죽음을 알리는 소리는 섣달그믐 밤 같은가.
어찌하여 늘 떠나는 이는 새벽을 못 맞는가.

빈 마음

밤사이 세찬 비가 내리더니
하루 사이 가을이 왔는지 옷소매 사이로 서늘한 가을
기운이 숨어 들어온다.
무거운 마음 견디지 못해서 집을 나섰다.

큰길 건너 상가 앞길에는 여전히 삶이 바쁘고
하루가 여유로운 아이와 노인들이
서로 눈을 마주치며 인사를 한다.

간혹 낯선 이들끼리 어깨를 부딪치며 삶을 나누기도
하고
또 짜증을 나누기도 하는데

나는 얼빠진 모습을 한 채 갈 곳이 있기라도 한 듯 발
걸음만 떼어놓는다.
무거운 마음은 내 온몸을 짓누르고 내 발등을 찍는다.

나는 헉헉거리며 텅 빈 나무 벤치에 앉는다.

그리고 먼저 애착을 가슴에서 꺼내어 아무도 모르게 살며시 내려놓았다.

또 초등학교 뒤쪽 미끄럼틀 밑에 사랑을 내려놓고
한참을 걷다 상가 파리바게뜨 앞 먼지 쌓인 탁자 위에 내 그리움도 내려놓았다.
그렇게 모든 것을 꺼내놓고 나니 경기가 끝난 공설운동장같이
텅 빈 가슴에서는 서늘한 바람 소리가 윙윙 들려온다.

나는 허깨비 같은 모습이 되어 지친 다리를 끌며 도망치듯 돌아온다.

하지만 아파트 입구 돌계단을 다 오르기도 전에 아직도 내려놓지 못한 것이 있다는 것을 알고 말았다.
그것은 오늘이 가기도 전에 온갖 허욕들로 채워질 텅 빈 내 마음이었다.

사람의 탑

사람으로 이루어진 거대한 탑이 있다.

도저히 숨 쉴 수 없을 것 같은 공간에서도

포개고 또 포개어서 살아 꿈틀거리며 낯을 내밀고 있다.

저 요물의 얼굴 같은 창들 속에서

오늘은 또 어떤 음모가 꾸며지고

오늘은 또 어떤 사랑이 맺어질는지,

요괴의 얼굴들이 눈을 감듯 하나둘 불이 꺼질 때,

또 어떤 내일이 저 속에서 잠자고 있을까?

회색의 거대한 사람의 탑이 지금도 또 어디선가 뿌리를 박을 땅을 파고,

보들한 시루떡 같은 땅 밑에, 요괴의 발톱을 박고 있을까?

이렇게 잠시 머뭇거리다 돌아보면

그사이 또 거대한 회색의 사람의 탑이 괴물처럼 서 있고

영특한 인간들은 서둘러 사람의 탑이 되려고 하나둘 자리를 착실히 잡는다.

저대로 다시는 나올 수도, 두 발에 힘줄 수도 없게 되
고

영원히 꿈꾸는 납골당이 될 것만 같다.

우리는 사람이고 싶어요

시청 입구에 현수막이 걸린다.
그 아래 비닐을 덮은 사람이 눕는다.

상체만 살아 있는 사람이 누워 단식을 시작한다.
그것은 마치 김장 배추를 덮어 놓은 듯 보이기도 한다.

그 위에 흰 눈이 쌓인다.
눈발은 점점 거세지고
한쪽 팔이 없는 이가 그것들을 자꾸자꾸 쓸어낸다.

고마운 아침 햇살이 비닐 속 반쪽 사람을 찾아온다.

시체처럼 누워 있던 반쪽 사람이 가만히 눈을 뜬다.
　천천히 전동 휠체어 탄 여인 하나 생수병을 비닐 속으
로 들이민다.
　비닐 속 반쪽 사람은 한 모금 입술을 적시고 놓아버린다.

또 밤이 찾아오고 매서운 겨울바람이 비닐을 들썩인다.

앞을 못 보는 사람 하나 지팡이를 짚고 와 뜨거운 물병을 비닐 속으로 들이민다.

비닐 속 반쪽 사람은 그것을 가만히 가슴에 품는다.

시청 공무원들은 짜증이 묻은 얼굴에 커피를 나눠 마시고 교대를 한다.

시장실 안락한 의자 위에서 시장은 저녁 모임 약속을 한다.

단식 20일, 비닐 속 반쪽 사람은 의식이 점점 흐려진다.

둘러선 온갖 장애인들은 비닐 위에 눈물방울을 떨군다.

눈물은 한 서린 인간비가 되어 비닐 위로 뚝뚝 떨어진다.

생각의 문

나는 생각 않는 사람이 되어보려고,
큰 숨 한 번 몰아쉬고,
그만 마음을 닫으려고 합니다.

오래된 주택가 골목에 버려져 있는
녹슨 자전거 앞에 멈춰 서서 외롭다는 생각도,
늙은 상인의 조아리는 머리가 너무 깊어 애처로웠다는
생각도,
서둘러 올라가던 고층 건물에 마지막 층이 무척이나
고단할 것 같다는 생각도,

그날 이후 모든 게 아주 심한 고통으로 다가왔다는 생
각마저도
나는 이제는 절대 하지 않겠습니다.
슬프거나, 기쁘거나, 아프거나, 그저 모자란 듯 나의
생각의 문을 닫고 살겠습니다.

그래서 이제는 차양모를 벗어버리고 골방문을 굳게 잠

궈버릴 것입니다.

  그래도, 그래도
  끝내는 살아나는 생각 한줄기 꿈틀거린다면,
  그저 마른침 한번 꿀꺽 모아 삼키고 가슴 밑에 턱이 닿
도록 고개를 숙여 버리겠습니다.

생일 선물

오늘 생일을 맞으신 당신에게 이 이야기를 선물로 들려드리고 싶어요.

옛날 우리 엄마는 설, 추석 명절이 다가오면
언제나 바쁜 하루하루를 조금씩 당기듯 시간을 조여
빳빳하고 하얗게 풀 먹인 이불 홑청을 네 깃이 반듯하게 얌전히도 꾸며서
동개동개 모양도 곱게 포개어 놓으시고,
다섯 아이 모두에게 새 옷 한 벌 손수 해 입혀놓고
앞뒤를 고루 살피시며 온 얼굴 가득 함박웃음을 지으셨죠.

그리고 또 우리 엄마는 그 궁색한 살림살이를 꾸리면서도 이삭을 모으듯 정성을 모아서
다섯 아이 모두에게 단 한 번도 생일을 거른 적 없이 흰 쌀밥에 미역국을 끓이셨죠.

그때 저의 귓가에 낮게 들려주시던 엄마의 이야기는

이런 것이었어요.

　세상에 태어난 생일날 배가 부르면 다음 생일까지 배
고픔은 모른단다.
　또 생일 하루 누구에게나 사랑받고 행복을 느끼면 한
해 동안 늘 그렇게 행복할 수 있단다.

　세월 흘러 제 나이 그 이야기 들려주시던 엄마보다 많
아진 지금에야 겨우 알 것 같아요.
　모두들 생일을 축하하고 선물을 주고받는 까닭은
　우리 모두가 위대해서도 아니고 특별히 축복을 받고
태어나서도 아니고,
　그저 축복 속에 생일날 하루를 행복하게 보내고
　또 그 기운으로 한 해를 행복하게 보내면
　그날들이 모여 평생을 행복하게 살거라는 기원이 담겨
있다는 것을요.

　다시 한 번 진심으로 오늘 생일을 맞은 당신에게 축복

의 메시지를 보냅니다.

세월이라는 선생

세월만큼 잘 가르치는 선생이 없습디다.
세월만큼 좋은 책이 없습디다.
세월만큼 용한 명의는 없습디다.
세월만큼 많은 걸 깨우치게 하는 교육이 없습디다.

암울하던 머릿속을 깨우는 것도
세월이라는 선생만이 할 수 있고,

답답하기만 했던 오늘을 최고의 날로 만드는 것도
세월이라는 책을 읽은 뒤부터였고,

세상 탓을 하며 원망의 가슴앓이를 밤새 하던 병마도
세월이라는 의사가 다녀가면 고쳐지고,

내가 최고라는 교만에 빠져 있을 때도
세월이라는 교육을 받고나면 현명함을 되찾게 되니

아! 세월이라는 이는 언제나 모습도 보이지 않고

목소리도 들리지 않지만
지나쳐간 자리마다 마치 물을 뿌린 듯 그렇게
모든 것이 잠잠해지며 밝아져 왔습니다.

술

  한 잔 마시고 안주한 점, 맑은 내 정신이 너무 힘들어.
  한 잔 마시고 안주한 점, 생각하는 순간들이 너무 힘들
어.
  육신과 정신 잠시 마비시켜보려 술의 힘을 빌리고,
  죄악과 교만을 감추려 안주를 삼킨다.

  속은 썩어가고 가슴은 헐어가고,
  맑은 정신으로 견딜 수 있는 시간
  얼마나 남았는지 셈조차 할 수 없지만,
  다만 반나절 시간만 아껴두었다가
  영영 떠나는 날 맑은 정신으로 낯익은 이들의 손을 놓
고 싶다.

쉽게 온 봄

봄은 이렇게 쉽게 오는데.

봄은 아무에게도 유세하지 않고 오는데,
그 길고 긴 겨울 아파하고만 있던 나를
봄은 기다리다 먼저 갔겠지.

봄은 누가 기다리지 않아도 바쁜 걸음으로 오는데,
봄은 누구에게도 뽐내지 않고 점잖게 오는데,
그 어두운 절망 속에 내가 잠겨 있는 모습을 보며
봄은 먼저 갔겠지.

봄은 모두의 가슴에 곱게 오는데.

철없는 내 가슴만 봄을 못 맞고 마른 겨울 산처럼 바스
락거리는 설움에 덮여있다.

시어머님 첫 기일

어머님

당신이 먼 길 떠나실 때

운구차 바퀴에 들뜬 먼지가 다 가라앉기도 전에 저는 알아버렸습니다.

따갑게 가슴을 찌르는 아픔이 바로 그리움이라는 것을 요.

어머님

초성이 유달리 서러운 선소리꾼의 곡성이 귓가에서 멀어지기도 전에 저는 알아버렸습니다.

흐르는 눈물로는 조금도 채울 수 없는 허전함이 그리움이라는 것을요.

어머님

삼우제 초라한 상에

은은히 퍼져가던 막걸리 내음이 코끝에서 멀어지기도 전에 저는 알아버렸습니다.

울컥울컥 치밀어 오르는 분노 같은 화가 그리움이라는

것을요.

어머님
당신 새 잠자리에 황토가 다 마르기도 전에 저는 알아
버렸습니다.
키 큰 고사릿대 사이로 스물스물 기어올라 목젖을 훑
는 것이 그리움이라는 것을요.

어머님
당신 잰걸음으로 떠나시고 일곱 밤이 일곱 번 되는 날
고운 고무신에 적신 물 마르기도 전에 저는 알아버렸
습니다.
그 꽃신 뒤축에 매달려 가던 것이 그리움이라는 것을
요.

어머님
당신 성마르게 떠나시고 한 돌이 되는 날
향 한 자루 다 사르기도 전에 저는 알아버렸습니다.

어깨를 무겁게 짓누르는 통증이 바로 견딜 수 없는 그
리움이라는 것을요.

양제기

저 보리밥집에 백철 양제기

큰 길 옆에 보리밥 뷔페가 생겼단다.
여자 다섯은 모두 수다를 바퀴 삼아 그곳으로 갔다.

차곡히 포개어진 양푼이들을 보던 여자 하나는
넋이 몸 밖으로 빠져나가는 것 같은 느낌을 받는다.

여자들은 가지가지 나물들을 양제기에 긁어 담고 허겁
지겁 먹어댄다.
여자 하나는 단 한 술도 뜨지 못하고 그곳을 도망친다.

죽은 엄마가 시래기를 무치며 양푼이 속에 웃고 있었
기 때문이다.

어느 맹인의 기도문

눈으로 보는 자유를 가져가셨으니
다시 그 빛을 돌려 달라는 것이 아니오라,
늘 맑은 소리를 들을 수 있는 자유를 허락하옵소서.

한 줄기 빛조차 가늠할 수 없으니
희미한 빛만이라도 남겨 놓으시라는 것이 아니오라,
늘 빛보다 더 밝은 마음을 갖고 살아가게 하옵소서.

어둠의 나라에서 한세상 살아야 하니
 안락하고 환한 세상을 열어 달라는 것이 아니오라,
 늘 맑은 정신으로 모든 것을 판단할 수 있는 힘을 주옵
소서.

누구에게나 도움을 받고 살아야 하니
 작은 도움이라도 줄 수 있는 능력을 달라는 것이 아니
오라,
 늘 되갚는 감사의 기도를 드릴 수 있게 하옵소서.

언제나 가장 약한 존재로 살아야 하니
두려움을 이길 수 있는 용기를 달라는 것이 아니오라,
늘 아픔을 잘 견딜 수 있는 지혜를 주옵소서.

평생 동안 수없이 좌절의 시련을 겪어야 하니
반드시 일어설 수 있는 기회를 달라는 것이 아니오라,
마지막까지 포기하지 않을 수 있는 인내를 주옵소서.

어느 공터 한 모서리에 작은 들꽃마을을 지나칠 때
그 고운 자태를 바라볼 수는 없다 해도
손끝으로 다 느낄 수 있게 해달라는 것이 아니오라,
그 싱그러운 향내를 가슴 열고 맡을 수 있게 하옵소서.

그리고 이 세상에 머물러 있는 동안
어느 순간 생각의 늪에 빠져 교만을 배우게 되더라도
곧 마음 돌려 다시 겸손을 되찾는 현명함을 주시고,
그렇게 맡은 숙제를 다하고 떠나는 날
후회 없다는 생각이 들게만 하옵소서.

어머니 가르쳐 주세요

어머니
우리 딸이 외롭다고 합니다.
옛날 내가 그랬을 때
그때 어머니는 무슨 노래를 불러주셔서 내 외로움을
달래주셨나요?

어머니
우리 딸이 가슴이 아프다고 합니다.
옛날 내가 그랬을 때
그때 어머니는 무슨 약을 내게 먹이셔서 아픈 내 가슴
을 낫게 하셨나요?

어머니
우리 딸이 몹시도 춥다고 합니다.
옛날 내가 그랬을 때
그때 어머니는 어떤 솜을 넣은 이불을 덮어서 떨려 오
는 내 몸을 덥혀주셨나요?

어머니
우리 딸이 아주 많이 힘들다고 합니다.
옛날 내가 그랬을 때
그때 어머니는 어떤 동무들을 불러주셔서 내 힘겨움을
덜어주셨나요?

어머니
우리 딸이 오늘 아침 울면서 나갔답니다.
옛날 내가 그랬을 때
그때 어머니는 어떤 얼굴로 돌아온 나를 맞이하셨나
요?

여름 추석

보따리보따리. 엄마는 아버지에게 고향 갈 채비를 하
느라 이것저것 물건들을 챙겼다.

혹 명절날 찾아올 손님을 기다리느라 구부정한 등을
펴지도 못한 채
　빈 자전거방을 지켜야 했고
　우리는 그런 엄마 뒤를 병아리처럼 따라다녔다.

그리고 명절날 기름진 냄새 따라 남의 집 기웃거릴
　다섯 남매를 위해 엄마는 헌 타이어를 깔고 앉아 가지
가지 전을 부쳤다.
　성급하게 다가온 추석 탓에 대광주리에 늘어놓은 부침
개 위로 쇠파리 떼가 윙윙거리면
　엄마는 기겁하고 연탄 화덕을 신작로에 내어놓고
　그것들을 한 장 한 장 다시 부쳤다.

그러다 서운함을 달래주듯 찾아든 50원짜리 펑크 손
님을 함박웃음 띠며 반갑게 맞았고

엄마는 물대야 속에 시커먼 튜브를 담궈 구멍 난 자리
를 찾느라 가는 팔뚝에 힘줄을 돋으며 안간힘을 다했다.

　　염색해야 하는 흰머리가 쉴 새 없이 돋아나고
　　눈가에는 잔주름이 촘촘히 자리를 잡아가는 지금까지도
　　어머니, 저는 너무도 철이 없어 곤히 쉬는 당신을 깨워
　　가르쳐 달라고 묻고만 싶습니다.

연탄가스

열두 살 나는 지독하게 추운 겨울밤 똥을 쌀 것 같아 일어났다.

촘촘히 발을 포개고 누운 식구들 위로 쓰러지며 알아듣지 못할 소리를 질렀다.

놀라 일어난 엄마는 어눌하게 말했다.

연탄가스다, 연탄가스 샌다.

누구의 손인지 방문을 열었고 포개어 자고 있던 일곱 식구는 머리를 들었다.

열여섯 오빠는 방문턱에 가슴을 걸치고 노란 물을 토했고,

맨 구석에 자던 언니는 요강에 얼굴을 박았다.

나는 변소로 기어가다 똥을 쌌고,

엄마는 장독대로 기어가 김칫독을 열었다.

싸늘한 겨울바람이 좁은 방을 한 바퀴 휘돌아나가고
우리들은 가로세로 쓰러져 토사물과 함께 뒹굴었다.

그렇게 1975년 어느 겨울밤,
소리도, 냄새도, 형체도 없는 그 손님은 우리집을 다녀
갔다.

옛 살라비

이사를 간다.
40년 살고 정든 이곳을 떠나
아주 연고 없는 낯선 곳으로 이사를 간다.

여린 풋가슴에 작은 꿈 하나 접어 키우던 소녀시절도
젊음이라는 무기 하나로 온갖 부조리들과 맞서던 때도
거리에 떨어진 동전처럼 가슴을 깎아가며 타협을 배우
던 때도
여기 이곳에 묻어두고

사랑을 하고 아이를 낳고 이제는 늘어가는 흰머리를
세면서
한세상 살고 남은 마른 뼈 둘 이곳을 떠나 이사를 간다.

눈에 익은 서대구 톨게이트를 지나자
경부고속도로에 가랑비가 내리고
동개동개 실은 이삿짐 위로 눈물 같은 빗방울이 떨어
지더니

한 구간을 지나치자
탄식하듯 꽃가루를 실은 바람이
얼룩얼룩 검버섯을 만든다.

어느 구간에서는
할미 젖통처럼 쭈그러든 통감자를 사고
또 어느 만큼에서는 종이 가마 속에 새색시처럼 들어
앉은 호두과자를 사고
독약 같은 커피를 마셔가며 다시 또 한숨 돌리고 갈 길
을 재촉한다.

이대로 얼마나 더 가야 어느 기슭에 이 짐을 풀고 둥지
를 틀까
또 우리는 얼마나 열병을 앓고나야 고된 행로를 마치고
어느 국도변에 납골당 한 칸 차지하고 이름을 붙일까

이사를 간다.
멀리멀리 이사를 간다.

8톤 트럭 가득히 묵은 짐을 싣고
첫딸 아이 돌 사진도 헐어 놓은 쌀부대도
장농 위에 16년 묵으며 한숨에 찌들고 웃음소리에 날
리던 먼지들도
유리그릇을 싼 2006년 4월 7일 자 대구매일 구인 광
고를 실은 신문지까지
동개동개 포개 싣고
멀리멀리 이사를 간다.

오늘

친구야, 너는 내일이 있다고 믿고 있니?
하지만 내일은 없어.

우리는 무수한 날들을 힘들고 괴로운 순간마다
내일이라는 허상을 위안 삼아 참아왔지만
내일은 절대 오지 않을 거야.

그렇게 기다렸던 내일, 내일,
그 마지막 내일은 언제 오는 것일까.
바로 오늘,
지금 우리가 숨 쉬고 있는 이 순간,
그 기다렸던 내일일 것이다.

친구야, 무엇이든 어떤 일이든 오늘 바로 시작해야 한다.
미뤄왔던 여행,
오늘 당장 떠나보렴.
늘 마음 한켠 지키던 옛 친구에게 오늘 당장 연락을 해
보렴.

지금 이 순간 그리운 이 있거든 망설이지 말고
그 목소리를 들어보렴.
오늘이 지나면 그 소중한 것들
내일이라는 허상에 사기당해 뺏기고야 말 테니까.

왜

그때가 왜 그리운지 당신은 아십니까?

그때는 늘 배고팠지만
저녁이면 두루상에 둘러앉을
식구들이 있어서 좋았습니다.

그때는 늘 비린내 나는 당신 치마폭에 얼굴 부비며
된코 닦을 수 있어서 좋았습니다.

그때는 엄마가 국수에 넣고 삶은 고불고불한
라면가락 섞여 있어서 좋았습니다.

그때는 한 통에 하나씩 들어 있던 와따껌 속에
판박이 그림 있어 좋았습니다.

그때는 아버지가 소주병 마개를 딸 때
두꺼비 그림을 기대하던 마음 있어 좋았습니다.

홀치기 망태 속에 큰딸 공납금을 담아 모으고
막내아들 육성회비를 담아 모으시던
동네 아줌마들이 있어 좋았습니다.

그런데 감추어둔 마음 하나 있어 가만히 입술만 움직
여 불러 봅니다.
어머니! 어머니!

무엇보다도 조근조근한 음성으로
받아쓰기 불러주던 당신 있어서 좋았습니다.

나는 지금도 어느 때고 초저녁 단꿈결에
그때로 얼른 아무도 몰래 다녀오곤 한답니다.
그것은 누구에게도 들키고 싶지 않은
어릴 적 찬장 속에 감추어둔 사탕 같은 것이랍니다.

이별을 준비하는 사람들

중환자실 앞 ㄷ자로 굽은 복도를 따라 천천히 발걸음을 옮긴다.
더 멀리 갈 수 없는 짧은 길이기에 더욱 아껴가며 천천히 걷는다.

오늘은 또 어떤 이가 준비를 마치고 출발을 하는지
저쪽 복도 끝이 소란스러워 귀를 막고 돌아서 버린다.

저승과 이승 사이에 양쪽으로 문이 난 좁은 공간에 머물러 있는 이들은
모두가 다 떠날 준비를 하고 있지만
가끔은 그 좁은 공간에서 아주 오래 머무는 이도 있고
또 차례가 아닌 것 같던 이도 서둘러 떠날 때가 있다.

그리고 떠나는 시간도 떠날 때 모습도 세상살이처럼 각각이다.

쉬이 통곡 소리는 멈추지 않고 나는 소리를 피하지도

못한 채 털썩 주저앉는다.

　얌전히 의자 위에 엎드려 조는 이 굽은 등줄기 위에 삶
이 잠시 내려앉는 게 보이고

　그 옆에는 뱃살이 두툼한 여인이 뜨거운 큰 사발라면
을 들고 매캐한 공기 속에 구정물 냄새를 퍼트린다.
　여인은 젓가락 쥔 손에 야무지게 힘을 주고 삶의 가락
들을 주르르 건져 올린다.

　그 삶의 가락들은 언제까지고 끊어지지 않을 것 같은
환각을 내게 주며 여인의 입속으로 빨려든다.

자식

너는 얼마나 많은 빚을 나에게 지우려고 이렇도록 어여쁘냐?

너는 얼마나 많은 근심을 나에게 주려고 이렇도록 귀엽고 사랑스러우냐?

너는 얼마나 많은 고통을 나에게 주려고 이렇도록 영특하고 총명하단 말이냐?

애야, 나는 이제 어느덧 흘러버린 세월 탓을 하던 입을 다물고

빨리 세월 흐르기만 바라게 되었단다.

그것은 너를 내 곁에 두기가 힘겨워진 까닭이지.

어느새 그 많은 빚을 너는 조금씩 나에게 받으려고 재촉을 하고 성화를 부리고

나는 꼼짝없이 가슴을 태울 뿐이란다.

나는 이제 여력이 없을 때까지 너에게 그 많은 빚갈이

를 해야만 하고
　너는 또 조금이라도 더 받으려고 애를 태우겠지.

자전거 타던 날

아주 넓은 운동장 구석
6학년 어린아이

손 놓는다
우렁찬 소리에
눈앞 아름드리 느티나무 솟구쳐 날아가고

제자리에 돌아온 느티나무
보는 순간
빗살무늬 토기 같은 무릎

아주 작은 운동장 구석
6살 꼬마아이

손 놓는다
우렁찬 소리에
바닥으로 누워 버린 자전거

달려가 안아 올려
보는 순간
빗살무늬 토기 같은 작은 무릎

작은 마음

그 아이가 좋아하던 것은
말끔히 치워진 식탁 위에 반쯤 남아 식어버린 찻잔이
놓여 있는 것입니다.

그 아이가 좋아하던 것은
촘촘히 널려 있는 빨랫줄 한편이 조금 비어 있는 것입
니다.

그 아이가 좋아하던 것은
하얀 얼굴이 조각 같은 소녀의 이마 위로 머리카락이
서너 가락 내려온 모습입니다.

그 아이가 좋아하던 것은
잘 닦인 유리창에 새로 난 조그마한 손자국입니다.

그 아이가 좋아하던 것은
오래전 새로 산 두툼한 일기장에 첫 장에만 낙서가 돼
있는 걸 볼 때랍니다.

또 그 애가 좋아하는 것은

김이 모락모락 나는 겨울 거리에 왕만두, 동전 서너 개만 들어 있는 저금통과

한입 베어 문 사과, 또 바닥이 조금 보이는 설탕 그릇 그리고 화장하는 것을 잊은 아기 업은 엄마의 모습이랍니다.

저승길

길이 열렸다네
말로만 듣던 저승길이 이제 열렸다네

투명한 햇살 아래 옥빛 살을 태우던 그때를 먼 산 넘어
보내고
격정의 불꽃 아래 몸을 떨던 그때를 열두 달력 속에 끼
워 보내고
새 생명을 잉태하고 처음 희열에 들떠 웃던 그때를 하
얀 빨래 바구니 속에 얹어 보내고
육신의 욕정을 간혹 느껴가며 애정의 울타리를 짓던
그때를 묵은 일기장 속에 담아 보내고
황혼에 현기증을 느끼며 기력을 되찾으려고 온갖 애를
쓰던 그때를 흰 약봉지 속에 싸 보내고

이제 길이 열렸다 해서 급한 마음으로 문을 화들짝 열
어보니

그 길은 바로 저승길이라 하네

이제 마지막 남은 길이라 하네
이제 내가 가야 할 길이라 하네

한숨 한 번 돌릴 시간 없는 재촉 속에
마른침 한 번 삼킬 틈도 없이
뱃속에 새까맣게 굳은 똥 덩어리를 남기고
동공에 가득한 후회만을 남긴 채
이제 저림도 없는 오금을 펴고 떠나야 한다네

저승사자

나는 이제 아주 오래된 노부부처럼 손을 내밀어 당신의 손을 잡게 될 것입니다.

그러나 잡은 손에 너무 성급히 힘주지 말고
조금은 틈을 주어 기다려만 주신다면
잎 하나 띄운 차 한 잔 들어 목을 축이고
가난한 내 위장이라도 달랠 수 있을 것입니다

그렇게 당신 서두름 없이 조금 더 다가오지 말고 서 있기만 한다면,
나는 오랜 시간 마치 좀도둑처럼 당신을 피해 숨겨왔던 초라한 낯을 들고
기꺼이 오금을 펼 수 있을 것 같습니다.

험난하고 고되었던 노동의 신을 벗고,
긴긴 행로의 가방도 없이, 그저 오래된 노부부처럼
이제 당신에게 내 헐고 냄새나는 맨발을 맡길 수도 있을 것 같습니다.

오호! 사자님!

한평생 중 몇 번이던가!

세월이 약이라며 눈감은 적 있건마는 한 점 탱화 같은 일생을 돌아보니

흐르는 세월은 약이 아니라 독이었구려.

나는 천천히 창호지 같은 몸을 일으켜 한 번 더 보고 덜 보는 미련일랑 버리고

마지막으로 내 빈 위장 속에 출렁거리는 물소리를 들으며

누구의 곡성도 서러워하지 않고

천천히 당신 그 검은 손바닥과 흰 손등에 매달려 갈 수 있을 것입니다.

종이컵

7원 50전이라는 값을 치르기 위한 동전이
어떻게 생긴 것인지도 나는 모르는데 너는 그 값에 팔
려 내게로 왔다.

7원 50전의 너의 힘은 너무도 대단해서
내 두 손 안에 따스한 온기를 전해주고,
내 입속에 달콤한 호사를 누리게 하고,
텅 빈 내 위장을 따뜻한 온기로 채우더니
급기야 너는 우울한 내 마음까지 다독거려주는구나.

세상에 태어나 너와 나는 단 한 번의 만남을 갖는 인연,
나를 떠나 너 또 어디로 가야 할지 모르지만
지금 야무진 이 모습을 곧 잃게 될 테니
너를 떠나보내기 전 다시 한 번 고마움의 입맞춤을 한다.

죄

나는 너를 힘주어 안고 말했지.
무슨 일이 있더라도 꼭 낫게 하겠다고.

나는 네 머리를 쓰다듬으며 말했지.
어떻게 해서라도 꼭 살려주겠다고.

고통 속에서 반년을 너를 잡아두었어.
그리고 모든 생명들이 축복을 맞는 5월에
나는 너와 잔인한 이별을 선택했어.

마치 내가 염라대왕이라도 되는 양
너를 다시는 돌아오지 못할 곳으로 보내버렸어.

그때 가증스러운 내 입술은 너에게 마지막 선물을 주
는 거라 했고
생명을 잃은 너에게는 사치 같은 눈물을 흘렸지.

사랑한다, 미안하다, 요사스러운 그런 말은 이제 더 이

상 할 염치가 없고
　살아남아 할 수 있는 것은 아픔을 느끼는 것이 전부.
　문수산 입구 떡갈나무 밑에 너를 묻고 와서 지금까지
혹독한 벌을 받고 있단다.

폐경

하얀 속곳에 꽃물들이던 때가
나에게도 언젠가 있었던가?

서서히 조여들 듯 찾아드는 통증 속에
아스라한 흥분마저 느꼈던 때가
나에게도 있었던가?

다시 찾아올 그날을 기다리며
이유 없이 설레던 그런 때가
나에게도 있었던가?

고귀한 새 생명을 잉태할 부푼 꿈이
나에게도 있었던가?

그런데 이제는 다했다고 편히 쉬란다.
더는 내가 할 일이 남아 있지 않다고 편히 쉬란다.

한

앞을 보지 못하고 말도 못하는 한 여인이 나를 찾아왔
습니다.
육십을 바라보는 나이에 풀지 못한 한 가지 한이 있다
했습니다.

사고로 장애인이 되어 평생 힘들게 살아왔지만
다른 것은 다 운명이라 포기할지라도
국가에서 인정하는 학력을 한 번 갖고 싶다 했습니다.

나는 그리 오래 고민하지 않고 그녀에게 약속했습니다.
죽은 사람 한도 풀기 위해 굿을 한다는데
산 사람 한을 왜 못 풀겠습니까.
해봅시다, 최선을 다해 한 번 해봅시다.

우리는 말 대신 몸으로 하는 약속의 언어를 만들었습
니다.
당당하게 그녀는 대입 검정시험에 합격했습니다.

한恨

 저쪽 길모퉁이를 돌면 작은 성냥곽 만한 반지하 방에
앉아서 하루를 사는
 채송화 같은 앉은뱅이 처녀가 있었답니다.
 그는 하늘이 다 보이고도 온 세상이 다 보이는 옥탑방
에 사는 게 꿈이었지요.
 그러면 아침마다 거리를 쓸고 있는 청소부 아저씨의
구부린 등 뒤에 아침 인사하고
 석양이 얼굴을 붉힐 때쯤 발끝이 보이지 않을 만큼 바
쁘게 내다르는 석간 배달부 청년 등 뒤를 눈으로 쫓다 저
녁을 맞고
 어둠이 온 세상을 덮으면 화려한 불빛들에게 밤 인사
하고 별들의 자장가를 들으며
 잠들 수 있을 거라 짐작했지요.

 그 꿈이 하도 지극해 사람만 빼고 땅 위에 모든 생명들이
 밤마다 다 같이 씨르르 또르르 울며 애달파 했답니다.

 저 7층 새장만 한 옥탑방에 억새풀 같은 어느 맹인 아

저씨가 살았답니다.

그는 소리가 그리워 땅에 가까운 곳에 방 한 칸 갖는 것이 꿈이었답니다.

그러면 이른 아침 골목길을 떠들썩하게 들어서는 청소차 소리로 잠을 깨고

아이를 찾는 어미들의 웨는 소리 따라 해 저물고 밤이 되면

여기저기 제집 찾아드는 조급한 발짝 소리를 자장가 삼아

잠이 들 수 있을 거라 생각했답니다.

그 꿈이 하도 지극해 사람만 빼고 하늘을 나는 모든 생명들이

지지배배 꾸르르 울며 다 같이 애달파 했답니다.

앉아 사는 이는 하루를 세상구경 못 하고 공책만 한 환기통에 눈을 두고 사는 것이

하도 서러워 가슴속에 곰팡이가 슬고 이끼가 끼어 온

방 안을 덮고 있는데

　저 옥탑방에 맹인은 땅 위에 만물들이 숨 쉬고 살아 움
직이는 소리를 못 듣고

　와글거리는 자동차 소음에 묻혀 사는 것이

　하도 서러워 가슴이 낙엽처럼 말라 연기 같은 한숨으
로 허공을 덮는답니다.

해

이른 아침 5시 몇 분
그의 얼굴을 봤다.
너무나 경이로워 바라보는 것마저
부끄러워 고개를 숙였다.

10시 몇 분
그의 얼굴을 봤다.
너무나 아름다워 꼭 안아 주고 싶은 모습
나도 몰래 낯을 붉혔다.

2시 몇 분
그의 얼굴을 봤다.
너무나 무섭고 뜨거운 그의 얼굴
모든 걸 태워버릴 것 같은 모습.

4시 몇 분
그의 얼굴을 봤다.
다 태워버리지 못한 아쉬움.

아직도 할 수 있다는 의지의 눈빛.

6시 몇 분
그의 얼굴을 봤다.
지나온 시간,
빨갛게 물든 얼굴 뒤에 숨기고
골짜기 너머로 걸음을 재촉한다.

허락받지 못하는 슬픔

5월에 풀꽃 향기를 느낄 수 없었고
입속에 단맛을 느낄 수 없었다.

집으로 돌아오는 게 무서웠고
현관문을 여는 게 두려웠고
개그 프로를 보고도 웃을 수 없었다.

죄스럽고 미안한 마음보다
슬픔으로 가슴이 아픈 것보다
정말 정말 참을 수 없는 것은
보고 싶다는 것, 그립다는 것이다.

살아 있다는 호사를 누리면서도 내가 할 수 있는 것은
밤마다 흘리는 눈물뿐,
나는 마음껏 드러내고 슬퍼할 자유마저 없단다.

(아이고, 부모 보내고 자식 잃고도 사는 게 세상살인
데 개 한 마리 죽었다고 웬 청승이야.)

가슴이 가시밭 같은 그들에게 다시 받을 상처가 두려워
나는 이제 세상으로 향하는 문을 닫아버리련다.

장애인 창작집 발간지원 사업 선정 작품집

기울지 않는 조각배

1쇄 발행일 | 2013년 12월 20일
2쇄 발행일 | 2014년 12월 10일

지은이 | 공다원
펴낸이 | 정화숙
펴낸곳 | 개미

출판등록 | 제313 - 2001 - 61호 1992. 2. 18
주소 | (121 - 736) 서울시 마포구 마포대로 12 한신빌딩 B-109호
전화 | (02)704 - 2546, 704 - 2235
팩스 | (02)714 - 2365
E-mail | lily12140@hanmail.net

ⓒ 공다원, 2013
ISBN 978 - 89 - 94459 - 35 - 6 03810

값 10,000원

주최 | 대한민국 장애인 창작집필실
주관 | 장애인인식개선오늘(고유번호 305-80-25363. 대표 박재홍)
심사 | 발간지원 사업 심사위원회
후원 | 대전광역시, 대전문화재단, 계간 문학마당